LES MASCARADES AMOUREUSES,

COMEDIE, EN UN ACTE ET EN VERS,

Par M. GUYOT DE MERVILLE.

Representée pour la premiere fois par les Comédiens Italiens ordinaires du Roy, le 4. Août 1736.

Le prix est de vingt-quatre sols.

A PARIS,
Chez CHAUBERT, Libraire, Quai des Augustins à la Renommée & à la Prudence.

M. DCC. XXXVI.

Avec Aprobation & Privilege du Roy.

LETTRE A MONSIEUR M***.

MONSIEUR,

Si j'ai lieu d'être satisfait du succès de mes *Mascarades Amoureuses*, c'est surtout parceque cette piece est un peu différente de la plupart des Comédies qui ont paru depuis quelques années, & qu'elle n'est point redevable de sa réussite aux aplaudissemens d'une Secte de beaux-Esprits, ligués pour l'abolition de l'ancien goût. J'ai vu avec un extrême plaisir qu'au milieu du regne de l'affectation & du faux bel-esprit, la simplicité & le vrai avoient encore des Partisans. Des personnages ordinaires, avec la raison & le sentiment, qui sont de tous les tems, de tous les pays & de toutes les conditions, ont plu, & ont touché davantage, que si je leur avois prêté cet esprit *colifichet*, qui dégradant la raison, semble avoir entrepris de renverser l'ordre de la Nature, & de détruire le génie fondamental du Théatre. Car quoiqu'on ne puisse faire d'ouvrage dramatique sans parler, il n'en est pas moins certain, que ce qu'on apelle *la belle conversation* n'est point du ressort de la Comédie, où tout doit être action, de quelque façon qu'elle existe. Et c'est ce que le plus grand de nos Poëtes modernes a bien ſenti, & a judicieuſement exprimé dans ces vers:

. . . . L'eſprit ſeul peut ſans doute
Aux grands ſuccès ſe frayer une route.
Ce que j'attaque eſt l'emploi vicieux
Que nous faiſons de ce préſent des cieux.
Son plus beau feu ſe convertit en glace,
Dès qu'une fois il luit hors de ſa place;
Et rien enfin n'eſt plus froid qu'un écrit,
Où l'eſprit brille aux dépens de l'eſprit.

Rouss. *Ep. VIII.*

C'eſt auſſi le ſentiment d'un homme qui entend parfaitement le Théatre. » On ne cherche, dit-il, on ne demande aujourd'hui que ce qu'on apelle *eſprit*, ſoit » par la difficulté de faire ce beau ſimple.... & cet élé- » gant naturel ſi recommandé par les Maîtres de l'art..., » ſoit par une corruption de goût, qui a paſſé inſenſible- » ment juſqu'aux Spectateurs; & plus cet eſprit viſe à » l'extraordinaire, & mieux il eſt reçu.... C'eſt ce mê- » me genre d'écrire .... qui révolte ceux qui ont ſçu » ſe preſerver de la contagion. Ces eſprits juſtes, ces eſ- » prits vrais ne ſouffrent qu'avec peine, que l'on prefere » aujourd'hui des Comédies compoſées ſimplement de » ſaillies & d'épigrammes, aux Comédies qui n'ont » qu'une intrigue ſoutenue d'une diction ſimple & na- » turelle.... La Nature vraie & ſimple n'admet point » dans ſes expreſſions, quelque variée qu'elle ſoit, ces » gentilleſſes (ce clinquant, ces bluettes) qui ne vont » qu'à la traveſtir. *M.* Riccoboni, *Obſervations ſur la Comédie*, *p.* 62, 63, 67, 68.

Tels ſont les égaremens où l'eſprit précipite, lorſqu'après avoir oſé ſecouer le joug du bon ſens, il a la folle hardieſſe de marcher ſans guide; & tel eſt le fondement ruineux de la réputation équivoque de quelques-uns de nos Ecrivains modernes.

Pour moi, je ne marcherai jamais sur leurs traces ; & après l'heureuse réussite de ce foible essai, je me flate d'atteindre quelque jour au but où je tends, sur les pas de Terence, & surtout de Moliere, Poëtes admirables dont j'ai toujours fait mon étude & mes delices.

On peut juger par là que je ne suis pas d'accord avec l'Auteur de certains vers répandus depuis peu dans le Monde, qui les méprise beaucoup, sous le titre de *Réponse aux trois Epitres nouvelles du Sr. Rousseau*, & où l'on dit de Moliere ;

> . . . . Cet Auteur si vanté
> Ne veut-il pas toujours être comique ?
> Oui ; mais s'il faut qu'une fois on s'explique,
> Souvent trop plein de cet unique objet,
> Il *choisit mal*, ou *gâte* son sujet ;
> Et pour charmer la vile populace,
> Mauvais plaisant, il bouffonne & grimace.

Un passage de Boileau mal entendu & mal expliqué a fourni le sens & même les termes de cette décision, aussi téméraire qu'elle est grossierement exprimée. Mais sans examiner en cet endroit si l'on doit juger du merite réel de Moliere sur ce qu'il peut lui avoir échapé de defectueux, soit par deference pour quelques personnes, soit par indulgence pour son siecle, soit par quelque autre motif *, & non sur ce qu'il a produit d'excellent & d'admirable par la force de son génie, par la solidité de

* Voyez sur tout cela les *Observations sur la Comédie* pag. 91, 118, 145, 146, 169, 170.

son jugement, par la finesse de son goût, par la justesse de son discernement, & enfin par la parfaite intelligence qu'il avoit de l'art dramatique ; sans discuter, dis-je, cette matiere, » ne retrouve-t-on pas toujours un Maître, » soit dans l'intrigue des mêmes pieces, soit dans la liai- » son & l'arrangement des scenes, soit dans les idées, » qui pour être comiques, ne sont ni basses ni grossie- » res, & qui tiennent toujours à une action simple ou » vraisemblable ? Si l'esprit humain est borné, & si un » Ecrivain semble n'être destiné en géneral par la Natu- » re qu'à réussir dans un seul genre, combien est-il sur- » prenant de voir un génie exceller en tous, & faire » rire le connoisseur & l'ignorant dans la farce du *Me- » decin malgré lui*, après avoir si pleinement satisfait » l'homme d'esprit dans la Comédie du *Misantrope ? Observat. sur la Comédie, pag.* 92, 93.

Je me borne uniquement dans cette Lettre, que je ne veux pas ériger en dissertation, à ces chef-d'œuvres de la bonne Comédie, qui fondent principalement la réputation de Moliere, & que l'Anonime attaque avec le plus de vivacité & le moins de raison.

Pour faire tomber le reproche ridicule que ce Censeur peu éclairci fait à Moliere d'avoir *mal choisi ou gâté ses sujets*, il me suffit d'emprunter encore les paroles du Critique que j'ai déja cité. » Tout ce que nous avons de » lui, dit-il, est si heureusement inventé & tellement » achevé, qu'il sert encore au Théatre moderne & de » modele & d'ornement tout ensemble..... (Quant à » l'imitation) Moliere avoit un génie superieur en cette » partie. Il a quelquefois tiré d'une bagatelle des choses » sublimes ; & les sources qui auroient été steriles pour » tout autre génie, sont devenues abondantes entre ses » mains. En effet qui auroit jamais pensé que l'on eût

» pu tirer des Nouvelles de Bocace, dont il a fait usage, » des sujets propres à la Comédie? Et se seroit-on imaginé que ces mauvaises farces, jouées à l'impromptu » par les Comédiens Italiens, eussent produit les chef- » d'œuvres de Moliere ? .... Quiconque connoitra les » originaux dont il a fait usage, admirera d'autant plus » l'art avec lequel il les a employés, qu'il a sçu se les » rendre propres.... Tout ce qu'il emprunte d'ailleurs » est tourné, disposé, traité de maniere que l'imitation » devient infiniment superieure au modele, & qu'en les » comparant on seroit tenté de prendre l'ouvrage de Mo- » liere pour original, & l'original pour une imitation » froide & mal rendue de l'ouvrage de Moliere...... » C'est ce sentiment, ce jugement juste sur le choix » d'un sujet, & sur l'effet d'un ouvrage dramatique, » que Moliere joignoit dans un dégré éminent à tous » ses autres talens. *Observat. sur la Comédie pag.* 101, 144, 145, 150, 151, 166.

Cette décision, quelque poids qu'elle ait, eu égard à celui qui l'a rendue *, paroitroit peut-être vague, hasardée, superficielle, si elle n'étoit pas apuyée sur des preuves incontestables, tirées des sources mêmes où Moliere a puisé ses sujets. M. Riccoboni raisonne sur cela avec toute la justesse & toute la sagacité possibles, dans son article VIII. *de l'imitation*, *pag.* 143 - 197. auquel vous me permettrez bien, Monsieur, de vous renvoyer. Vous y verrez, par exemple, avec quel art & quel succès Moliere a embelli les sujets de *la Princesse d'Elide* & de *l'Avare*.

Qui ne seroit donc pas indigné d'une accusation si injuste & si frivole, formée étourdiment contre un Auteur tel que Moliere, qui d'ailleurs rassemble en lui tant de rares qualités? connoissant parfaitement tous les replis

* C'est un Italien qui toute sa vie a étudié & pratiqué l'art du Théatre.

du cœur, & tous les ressorts de l'esprit; toujours excellent dans l'économie de ses pieces, dans la conduite de chaque scene, & dans la contexture de ses dialogues; partout abondant en traits charmans de ce comique sensé & naturel que fournissent la situation & le sentiment; vrai, serré, énergique dans ses portraits; admirable par la noble simplicité de son stile, & par la facilité, la douceur & l'harmonie de sa versification; en un mot un Poëte qu'on pouroit apeller à juste titre le Peintre & l'Interprete de la Nature.

Après tout, peut-on s'étonner de voir Moliere méprisé par un Ecrivain, qui méprise M. Rousseau? Mais est-ce à moi de prendre la defense de cet illustre Poëte? Il vit. D'ailleurs les trois fameuses *Epitres*, qui ont donné lieu au torrent de bile & de fiel qu'un inconnu vient de vomir contre sa personne, n'en ayant pas seulement été effleurées, elles conservent aux yeux du Public toute leur beauté. Cependant M. Rousseau, qui ne s'est jamais loué lui-même, laisse à tout le monde la liberté de le dédommager de tant d'injures, par les éloges qui lui sont dûs, & celle de juger si son adversaire a eu raison de s'écrier:

V*** brille, il obscurcit Rousseau.

Pour le faire, il faudroit comparer ensemble ces deux Poëtes; & voici comment je le ferois, si je croyois que mon suffrage fût de quelque autorité. Je commencerois par voir quels sont les genres qui leur sont propres; car nous avons chacun le nôtre, dans lequel la Nature nous a imposé la nécessité de travailler, sous peine de ne point réussir; & je dirois d'abord, que M. Rousseau & son rival, courant une carriere toute differente, ne sauroient s'obscurcir l'un l'autre. Comment donc faire le parallele de deux Poëtes, qui ne se ressemblent en rien,

sinon

sinon par la seule qualité de Poëte? Pour pouvoir juger qui des deux est preferable à l'autre, j'examinerois comment M. Rousseau a réussi dans les differens genres qu'il a cultivés; & trouvant que pour l'Ode il est égal à Horace, que dans l'Epigramme il est superieur à Martial, & que pour l'Epitre, l'Allégorie & la Cantate, personne ne lui est comparable, je déciderois qu'il est impossible de faire mieux, & que M. Rousseau est & doit être le modele de tous ceux qui auront de pareils talens. J'examinerois de même les progrès que l'autre a faits dans l'Epopée & dans la Tragédie, qui étant ceux de ses ouvrages qui lui ont fait le plus d'honneur, semblent être ses genres. Si donc la *Henriade* me paroissoit égale à l'*Iliade*, à l'*Eneïde*, & au *Télémaque*, je le mettrois à côté d'Homere, de Virgile & de Fenelon: & de même si je trouvois ses Tragédies aussi belles que celles de Corneille ou de Racine, je lui donnerois le même rang sur le Théâtre. Alors il seroit aussi excellent dans ses genres que M. Rousseau l'est dans les siens; mais encore une fois la gloire de l'un ne nuiroit en aucune façon à celle de l'autre.

Je ne doute pas que ce que j'ose dire ici, avec quelque ménagement que je le dise, ne m'attire un jour quelques élégances de la Halle de la part de l'inconnu; mais je m'en ferai honneur. C'est le sort glorieux de tous ceux qui goûtent les Poësies de M. Rousseau. Un Ecrivain generalement reconnu par le Public, qui l'estime & qui l'aime, pour un Critique savant & éclairé, & pour un Logicien exact & agréable, dont le goût juste & solide & le stile pur & élégant s'oposent tous les jours à la corruption du goût & du stile; cet Ecrivain est honoré par le Rimeur anonime des épithetes les plus brutales & des injures les plus atroces. Pourquoi? C'est qu'il estime & loue M. R. Pourquoi encore? C'est que cet Auteur, à qui M. de V. lui-même a donné autrefois les plus grands éloges,

Rapelle tout au goût du tems passé.

Cependant la dispute sur le merite des Anciens, qui du tems de Perrault pouvoit encore passer pour un point de droit, est presentement un point de fait souverainement décidé par l'experience. Notre moderne Perrault auroit-il l'audace de nier que (sans compter Moliere & M. Rousseau) ceux qui ont étudié & imité les Anciens, un Corneille, un Racine, un Boileau, un la Fontaine, un la Bruyere, un Fenelon, un Rollin, ne sont pas nos plus grands hommes, & n'ont pas fait des chef-d'œuvres, tandis que les autres qui ont méprisé les Anciens, & qui ont évité toute ressemblance avec eux, sont à peine connus, ou du moins n'ont rien fait qui vaille? *Qui n'imite personne ne sera jamais imité*, dit fort bien l'Auteur des *Observations sur les Ecrits modernes.*

Mais Boileau n'est pas plus respecté que Moliere par notre Satirique, qui insinue que ce Pere de la vraie Poësie Françoise n'a plu que par son audace & son insolence, & qui dit que ce grand Poëte

Fut détesté pour avoir bien écrit:

Ce qui est faux, captieux & de mauvaise foi. Mais M. Rousseau reconnoît Boileau pour son Maître; c'en est assez pour attirer à ce respectable Ecrivain la haine & les outrages de notre fougueux Auteur.

C'est aussi parceque M. Gresset rend à M. Rousseau la justice qui lui est dûe, en l'apellant l'*Horace de la France*, (titre que le P. Sanadon, qui sans doute connoissoit mieux Horace que le Censeur, lui avoit déja donné) que l'ingénieux Auteur de *Verd-verd* est traité de *doux* & d'*hypocrite*. O de quelles injures n'aurois-je donc pas été accablé, si mon obscurité n'avoit pas derobé à la connoissance du Censeur une Ode que j'adresſai à M. Rouſſeau, il y a plus de dix ans, & qui commence ainſi?

Sublime Auteur, que toujours ſuivent
Les Nymphes qu'en vain ſuit N**.
Rare génie, en qui revivent
Marot, Pindare & Martial.

Enfin il n'y a que M. de V. & M. Crébillon qu'il loue, & Racine dont il dit :

Ainſi Racine, après tant de merveilles,
Qu'il admira dans l'aîné des Corneilles,
En ſe faiſant un nouveau coloris,
Sut de ſon art lui diſputer le prix.

Cette remarque ſur la difference de Racine à Corneille dans la Tragédie eſt faite pour autoriſer les innovations de quelques Modernes dans la Comédie, où ils veulent abſolument faire pleurer ; & elle vient après l'exemple des differentes manieres qui diſtinguent les Peintres. Surquoi je remarquerai en paſſant, que le coloris étant à la Peinture ce que le ſtile eſt à la Poëſie, il ſembleroit d'abord que l'Auteur ne trouveroit Racine different de Corneille que par le ſtile, ſi de ce qu'il a dit auparavant il n'y avoit lieu d'inferer, que par le coloris il entend la *maniere* des Peintres, dont le coloris n'eſt qu'une partie, comme le ſtile n'eſt qu'une partie de la *maniere* des Poëtes. Mais avec tout cela la comparaiſon porte à faux, & eſt entierement étrangere à la queſtion. Comme le Titien, An. Carache, Rubens, le Brun & Mrs. Van Loo ont chacun leur differente maniere, de même Corneille, Racine, Campiſtron, M. de la Motte, M. Crébillon, M. de Voltaire ont auſſi chacun leur maniere differente. Qui en doute ? Mais ces Poëtes, differens dans la forme, s'accordent tous dans le fonds, en tâchant d'exciter la terreur & la pitié, d'où naissent les larmes; ce qui est le propre de la Tragédie. Il est vrai que Corneille & M. Crébillon sont quelquefois sortis de la nature du tragique, l'un en donnant trop à l'admiration, & l'autre en poussant la terreur jusqu'à l'horrible; mais en cela les connoisseurs les ont condamnés avec raison.

Il en est de même de la Comédie. Son caractere essenciel est le ridicule, dont le but est de faire rire. C'est par cela seul qu'elle est distinguée de la Tragédie *. Or si l'on donne à l'une ce qui apartient à l'autre, on change leur nature; & si la Comédie devient Tragédie en faisant pleurer, pourquoi la Tragédie ne pouroit-elle pas devenir Comédie en faisant rire? Cela ne seroit pas plus bizare que s'il avoit pris fantaisie à Vateaux de representer en grotesque la mort d'Iphigénie, & au Poussin de mêler du touchant au bernement de Sancho.

Je n'ai garde cependant de vouloir exclure tout-à-fait les larmes de la Comédie. Je sais qu'elle est susceptible de situations capables d'en arracher, & Terence même en a fait répandre plus d'une fois. Mais je crois, conformément à ce que j'ai avancé, que l'on ne doit pas faire d'un sujet *larmoyant* le fonds, ni même l'épisode d'une Comédie. Et c'est surquoi j'aurai peut-être quelque jour occasion de m'étendre davantage; car je m'aperçois qu'insensiblement la matiere m'a emporté plus loin que je ne l'aurois cru, quoique je ne l'aye pas à beaucoup près épuisée.

J'en étois là, Monsieur, lorsqu'on m'a aporté la feuille des *Observations*, où il est parlé de mes *Mascarades Amoureuses*; & cela m'a fait souvenir que j'avois encore quelque chose à vous dire de cette piece. L'Auteur, après lui avoir donné des louanges, qui ne serviront qu'à m'en-

* Voyez la *Poët. d'Arist.* Ch. V. & les Rem. de M. Dacier.

courager, finit en disant, qu'il auroit bien voulu pourtant *que Dorimont n'eût point été le pere, mais seulement l'ami de Clitandre.* Effectivement bien des gens ont jugé que le caractere de Dorimont n'étoit pas tout à fait dans nos mœurs.

Je pourois répondre, que la nécessité de sauver la vie à un fils unique peut & doit obliger tout pere raisonnable à faire ce que fait Dorimont; que j'ai peint Clitandre comme un jeune homme vertueux, dont son pere n'a jamais eu lieu de se plaindre; que Clitandre n'est entrainé dans un mariage disproportionné que par le merite parfait & rare de Colette; que malgré sa passion violente, l'amour & le respect qu'il a pour son pere lui font prendre le parti de renoncer à sa maitresse; enfin que c'est tout cela qui entraine aussi Dorimont : ce qui fait entre le pere & le fils un combat de génerosité & de tendresse, qui a touché le spectateur, & qui lui auroit arraché des larmes, si l'étendue d'une petite Comédie m'avoit permis de déveloper toutes les circonstances d'une situation si interessante. Or ce sont des effets que le personnage d'ami, substitué à celui de pere, ne pouvoit, ce semble, jamais produire. Cependant je ne puis m'empêcher de deferer au jugement de l'Auteur des *Observations*.

D'autres personnes auroient souhaité que j'eusse suspendu davantage le consentement de Dorimont, parceque cela fait prévoir le dénoument, & acheve en quelque sorte la piece. Mais elles ne prennent pas garde, que les rôles de Clitandre & de Colette auroient été vuides d'action pendant ce tems là, & que l'indécision de leur sort les auroit réduits à des dialogues amoureux, dont l'ennui est la suite inévitable. Par là tomboit cette scene entre eux, qui a fait sur le Théatre un si heureux effet.

Tout cela fait voir, qu'il faut quelquefois sacrifier l'extrême régularité à la nécessité de plaire, en conservant des beautés qu'on ne pouvoit remplacer par d'autres, & certains defauts dont elles dépendent & qui les amenent. Les meilleurs Poëtes l'ont fait, & s'en sont bien trouvés:

Quorum æmulari exopto negligentiam
Potiùs, quàm istorum obscuram diligentiam.

TER. *Prol. Andr.*

Je suis avec une parfaite estime,

MONSIEUR,

Votre, &c.

Aprobation du Censeur Royal.

J'Ai lu par l'ordre de Monseigneur le Garde des Sceaux la Comédie des *Mascarades Amoureuses*, & j'ai cru qu'on pouvoit en permettre l'impression. A Paris le 28. Août 1736.

MAUNOIR.

PRIVILEGE DU ROY.

LOUIS par la grace de Dieu, Roy de France & de Navarre: A nos amés & feaux Conseillers, les Gens tenans nos Cours de Parlement, Maîtres des Requêtes ordinaires de notre Hôtel, Grand-Conseil, Prévôt de Paris, Baillifs, Sénéchaux, leurs Lieutenans Civils & autres nos Justiciers qu'il appartiendra; Salut. Notre bien-amé HUGUES-DANIEL CHAUBERT, Libraire à Paris, Nous ayant fait suplier de lui accorder nos Lettres de permission pour l'impression d'une Comédie intitulée: *Les Mascarades Amoureuses*; offrant pour cet effet de la faire imprimer en bon papier & beaux caracteres, suivant la feuille imprimée & attachée pour modéle sous le contrescel des Presentes; A ces causes, voulant traiter favorablement ledit sieur Exposant, Nous lui avons permis & permettons par ces Présentes de faire imprimer ledit ouvrage ci-dessus spécifié, conjointement ou séparément & autant de fois que bon lui semblera, sur papier & caracteres conformes à ladite feuille imprimée, & attachée sous nôtredit contrescel, & de le faire vendre & débiter par tout notre Royaume, pendant le tems de trois années consécutives, à compter du jour de la date desdites Présentes : Faisons défenses à tous Libraires, Imprimeurs & autres personnes, de quelque qualité & condition qu'elles soient, d'en introduire d'impression étrangere dans aucun lieu de notre obéissance; à la charge que ces Présentes seront enregistrées tout au long sur le Registre de la Communauté des Libraires & Imprimeurs de Paris, dans trois mois de la date d'icelles; que l'impression de cet Ouvrage sera faite dans notre Royaume & non ailleurs, & que l'Impétrant se conformera aux Reglemens de la Librairie, & notamment à celui du 10 Avril 1725, & qu'avant que de l'exposer en vente, le manuscrit ou imprimé qui aura servi de copie à l'impression dudit Ouvrage, sera remis dans le même état où l'Approbation y aura été donnée, ès mains de notre très-cher & feal Chevalier Garde des Sceaux de France le Sieur Chauvelin, & qu'il en sera ensuite remis deux exemplaires dans notre Bibliotheque publique, un dans celle de notre Château du Louvre, & un dans celle de notre très-cher & feal Chevalier Garde des Sceaux de France le Sieur Chauvelin; le tout à peine de nullité des Présentes, du contenu desquelles vous mandons & enjoignons de faire jouir ledit sieur Exposant ou ses ayans cause, pleinement & paisiblement, sans souffrir qu'il leur soit fait aucun trouble ou empêchement. Voulons qu'à la copie desdites Présentes qui sera imprimée tout au long au commencement ou à la fin dudit Livre, foi soit ajoutée comme à l'original. Commandons au premier notre Huissier ou Sergent de faire pour l'execution d'icelles tous actes requis & nécessaires, sans demander autre permission, & nonobstant Clameur de Haro, & Charte Normande, & Lettres à ce contraires : Car tel est notre plaisir. Donné à Paris, le 17. jour du mois de Septembre, l'an de grace 1736. & de notre Regne le vingt-deuxiéme. Par le Roy en son Conseil.

SAINSON.

Regiſtré ſur le Regiſtre IX. de la Chambre Royale des Libraires & Imprimeurs de Paris, N. 344. fol. 302. conformément aux anciens Réglemens, confirmés par celui du 28. Février 1723. A Paris le 21. Septembre 1736.

G. MARTIN, *Syndic.*

ACTEURS.

DORIMONT.	*M. Romagnesi.*
CLITANDRE, fils de Dorimont.	*M. Deshayes.*
MATHURIN.	*M. Balletti*, dit *Mario.*
COLETTE, fille de Mathurin.	*Mlle. Benossi*, dite *Silvia.*
FINETTE, niece de Mathurin.	*Mlle. Cat. Visentini.*
ARLEQUIN, valet de Clitandre.	*M. Thom. Visentini.*
NICOLE, servante de Mathurin.	*Mlle. Lalande.*
LE TABELLION.	*M. Sticotti, le fils.*

La Scene est dans un Jardin de Nanterre.

LES

LES MASCARADES AMOUREUSES.

SCENE PREMIERE.

CLITANDRE, ARLEQUIN.

CLITANDRE.

C'Est toi : je te cherchois. Je suis charmé vraiment,
Que le hazard ici t'amene en ce moment.

ARLEQUIN.

Un maître avec plaisir voit un valet fidele.

CLITANDRE.

Des valets d'aujourd'hui le plus parfait modele !
Droit, sage, reservé, prudent, & si discret
Qu'on ne peut de sa bouche arracher un secret !

ARLEQUIN.

Monsieur, tout doucement. Quels transports sont les vôtres !

Vous me louez de l'air dont on gronde les autres.

CLITANDRE.

Traître !

ARLEQUIN *à part.*

Il change bien vîte & de stile & de ton.
L'éloge finira par des coups de bâton.

CLITANDRE.

Détestable coquin, ta langue de vipere
Vient donc de découvrir mon amour à mon pere ?
Il faut que je te tue.

ARLEQUIN *à genoux.*

Ah ! vous auriez grand tort.
Vous me regretteriez, Monsieur, si j'étois mort.

CLITANDRE.

Helas ! depuis deux mois que j'adore Colette,
N'étoit-ce pas assez de la honte secrette,
Que me fait éprouver un tel attachement ?
Faut-il que ce bourreau me livre imprudemment
Aux reproches d'un pere & si bon & si tendre ?
Que vais-je devenir ?

ARLEQUIN.

Pardon, Monsieur Clitandre.
Je ne suis criminel que par zele pour vous.

CLITANDRE.

Par zele....

ARLEQUIN.

Assurément.

CLITANDRE.

Tu me portes ces coups?

ARLEQUIN.

Ecoutez.

CLITANDRE.

C'est avoir une audace étonnante!
Parle.

ARLEQUIN.

Mais, pour parler, la posture est gênante.

CLITANDRE.

Leve-toi.

ARLEQUIN.

Vous savez l'étrange impression,
Que fait sur vous l'ardeur de votre passion.
Vous étiez gras, content, d'un commerce agréable:
Vous voilà maigre, triste & presque insociable.
On ne vous connoît plus, tant vous êtes changé.
Dorimont, qui dans l'ame en paroît affligé,
Et qui plus d'une fois vous en a fait la guerre,
Vous a cru dégouté du séjour de Nanterre;
Et dans cette pensée il avoit entrepris
De nous faire au plutôt retourner à Paris.

CLITANDRE.

M'en preserve le ciel, Arlequin! Ce village,

Ce jardin, où j'ai vu la Beauté qui m'engage,
Et que l'art pour l'amour semble avoir fait exprès,
De Paris à mes yeux effacent les attraits.

ARLEQUIN.

Je l'ai tiré d'erreur; mais je ne l'ai pu faire,
Sans laisser entrevoir certain air de mistere,
Qui n'a fait qu'éveiller sa curiosité.
J'ai bataillé long-tems, plein d'intrépidité;
Mais il avoit en main de trop puissantes armes:
Ses ordres, son couroux, ses prieres, ses larmes,
Enfin l'argent & l'or, qui brochoient sur le tout,
Ont poussé mon courage & mon silence à bout.
J'ai dit que pour Colette un amour invincible
Produisoit le chagrin qui vous est si nuisible,
Et que, sans un secours avec art préparé,
Il pouvoit vous compter mort, & presque enterré.

CLITANDRE.

Et dans un pareil cas penses-tu que mon pere
Souffre que je demeure en ces lieux?

ARLEQUIN.

Je l'espere.

CLITANDRE.

Que m'importe, après tout, si je n'ose la voir?

ARLEQUIN.

Qui vous empêchera de l'oser?

CLITANDRE.

Le devoir.

Mon peré, par pitié pour le mal qui me ronge,
Cache en vain la douleur où mon amour le plonge.
Ses regards, au travers de sa compassion,
Me reprochoient l'oubli de ma condition,
L'erreur de ma raison dans le piege engagée,
Et ma gloire avilie, & la sienne outragée.....
Renonçons à Colette, & même à mon amour.
La bonté de mon pere exige ce retour.
Quand un pere offensé nous montre sa tendresse,
C'est alors que pour lui la nôtre s'interesse,
Et fait le plus d'efforts; pour répondre à des soins
Qu'on ressent d'autant mieux qu'on les merite moins.

ARLEQUIN.

Pour vous dédommager d'un si dur sacrifice,
Si vous voulez, Monsieur, je vous rendrai service.
Les lettres, seul recours des amans trop génés,
Sont un piege où souvent ils se cassent le nez.
Un confident vaut mieux. Hier je vis Finette,
Niece de Mathurin, le pere de Colette.
J'en suis fou. Je m'aprête à lui faire ma cour.
Ainsi je pourai voir Colette chaque jour,
Et cachant vos ardeurs sous le voile des nôtres,
Vous porter ses soupirs & lui rendre les vôtres.
Mais Finette est coquette, & voudroit à ses loix
Soumettre un Gentilhomme, ou quelque bon Bourgeois.
Nicole me l'a dit, Nicole ma cousine,
Et qui de Mathurin gouverne la cuisine.

Comme, pour avoir fait à Paris plusieurs tours,
Je n'ai pas à Nanterre en tout passé huit jours,
Je ne suis pas connu de Finette, & Nicole
M'a promis de m'aider à tromper cette folle.
Daignez donc me préter quelqu'un de vos habits,
Qui de ce que je vaux releve un peu le prix,
Et donnant à mon port une grace nouvelle.....

CLITANDRE.

L'amour assurément t'a troublé la cervelle.

ARLEQUIN.

Par pitié.

CLITANDRE.

Paix, tai-toi. Mon pere vient à nous.

SCENE II.

DORIMONT, CLITANDRE, ARLEQUIN.

DORIMONT.

Laisse-nous, Arlequin.

ARLEQUIN *bas à Clitandre.*

Me le préterez-vous ?

CLITANDRE.

Va-t'en.

ARLEQUIN *bas.*

De mon amour gardez-vous de rien dire.

DORIMONT.

Hé bien, finiras-tu ?

ARLEQUIN.

Monsieur, je me retire.

SCENE III.

DORIMONT, CLITANDRE.

DORIMONT.

AVant que de m'ouvrir sur mes intentions,
J'ai voulu faire encor quelques reflexions.
Il me reste, mon fils, des doutes qui m'arrêtent,
Et qu'il faut qu'à lever vos réponses s'aprêtent.
Vous aimez. Mais l'objet, qui regne en votre cœur,
Vous fait aparemment essuyer sa rigueur.
C'est un titre peu sûr, pour toucher une Belle,
Qu'un rang qui de si loin nous met au-dessus d'elle.
D'ordinaire l'amour naît de l'égalité,
Et l'amant ne plaît pas, dès qu'il est respecté.

CLITANDRE.

C'est par cette raison, dont je sens l'évidence,
Qu'à Colette avec soin j'ai caché ma naissance,
Prenant, en quelque lieu que je suive ses pas,
L'habit de paysan & le nom de Lucas.
Livré sans defiance à mon ardeur pressante,

Son cœur a ſecondé cette ruſe innocente,
Que d'ailleurs j'apuyois des charmes peu connus
De ces diſcours naïfs, ſimples, purs, ingénus;
Dictés par la Nature à des Mortels tranquiles,
Que n'a point corrompus le commerce des villes.

DORIMONT.

L'intrigue eſt amuſante. On vous aime, & pourtant,
Mon fils, dans vos plaiſirs vous n'êtes pas content.
Colette, que ſans fruit votre amour ſollicite,
Je le vois, ſe refuſe aux deſirs qu'elle excite.

CLITANDRE.

Ah! je n'ai point, Monſieur, permis à mon ardeur
Des tranſports qui pouvoient allarmer ſa pudeur.

DORIMONT.

De ce commerce enfin quelle étoit l'eſperance?

CLITANDRE.

L'amour nous laiſſe-t-il la moindre prévoyance?
Je la vis, & peut-être en cet attachement
Je ne cherchois d'abord qu'un ſimple amuſement.
Mais quels liens charmans ont retenu mon ame,
Dont ſa beauté déja juſtifioit la flâme!
Un entretien aimable, où la ſincerité
Brille de modeſtie & de ſimplicité;
Un air, un port, ornés de graces naturelles,
Les mêmes tous les jours, & tous les jours nouvelles:

Ignorant

Ignorant ſes vertus, belle ſans le ſavoir,
Elle eſt faite pour plaire, & plaît ſans le vouloir;
Bien differente en tout de ces filles du Monde,
Dont ſur un faux éclat le merite ſe fonde,
Qui déguiſent leurs cœurs, & maſquent leurs apâs,
Pour paroître en public ce qu'elles ne ſont pas,
Et qui d'un art groſſier empruntent l'impoſture,
Pour corrompre à nos yeux les dons de la Nature.

DORIMONT.

Les traits de ce tableau, ſans doute reſſemblant,
Etincelent du feu d'un amour violent.
Mais dites-moi, mon fils; quand votre ame ſe livre
Au poiſon ſéducteur dont Colette l'enivre,
Lorſqu'à votre penchant vous vous abandonnez,
Vos yeux découvrent-ils l'écueil où vous donnez,
Et de combien l'objet, que votre cœur encenſe,
Eſt loin de votre rang & de votre naiſſance?
Sentez-vous le chagrin & le ſaiſiſſement,
Que me cauſe l'excès de votre égarement?
Vous, l'eſpoir de mon ſang, l'apui de ma vieilleſſe,
Vous, que je n'ai pas cru capable de foibleſſe,
Vous, dont je reſervois la tendreſſe & la foi
Pour un parti plus digne & de vous & de moi.

CLITANDRE.

Ah! mon pere, arrétez .... Quelle image accablante!
Hé quoi, tous mes chagrins, ma ſanté chancelante,

Mes ennuis éternels, mes douloureux transports,
Ne vous ont-ils donc pas instruit de mes remords,
Et jusques à quel point me tourmente & me gêne
L'amour que je condamne, & qui pourtant m'entraîne ?

DORIMONT.

Enfin, pour prendre ici des sentimens plus doux,
Sur un pareil amour que déterminez-vous ?
Votre raison, mon fils, s'il ne l'a pas séduite,
En a-t'elle pesé la nature & la suite ?
Et si de votre main vous pouviez disposer,
Vous resoudriez-vous enfin à l'épouser ?....
Vous ne répondez rien !

CLITANDRE.

Je vous jure, mon pere,
Que je mourrois plutôt que d'oser vous déplaire.

DORIMONT.

Mais, si je condamnois un semblable trépas ?
Si de cette union je ne m'offensois pas ?
Si même je mettois mon plaisir & ma joie
A couronner l'amour dont vous êtes la proie ?

CLITANDRE *vivement*.

Vous pouriez aprouver.... Excusez ce transport.
C'est faire en ma faveur un trop cruel effort.

DORIMONT.

Votre bonheur, mon fils, fait ma plus chere envie..

CLITANDRE.

Mon pere, en ce moment vous me rendez la vie.
Oui, sur mes sentimens je me suis consulté.
Cet himen est le sceau de ma felicité.

DORIMONT.

Je me rends. Votre amour, Clitandre, & son merite,
Autorisant ce nœud, fondent sa réüssite.
L'égalité des rangs fait moins d'heureux époux
Que la conformité des esprits & des gouts .....
Je connois Mathurin; il faut que je le voye.

CLITANDRE.

Ah Monsieur, gardez-vous de prendre cette voie.
La proposition, bien loin de le toucher,
En le heurtant de front, pouroit l'effaroucher.
A son sens, à ses mœurs plus attaché qu'un autre,
Il cherit son état, & dédaigne le nôtre.
Il faut, pour captiver son estime & son choix,
Qu'à ses yeux votre fils paroisse villageois,
Et reprenne le nom, l'habit & les manieres,
Qui déja de Colette ont trompé les lumieres.
C'est le plus sûr parti; daignez y consentir.

DORIMONT.

Je le veux bien, mon fils; allez vous travestir.

CLITANDRE.

Quelles graces, Monsieur, n'ai-je pas à vous rendre!
Et quoique vos bienfaits ne puissent me surprendre,
A de si hauts dégrés vous les faites monter,
Que votre fils jamais ne peut les meriter.

DORIMONT.

Mon apui cependant vous sera nécessaire;
Et sous un titre faux mon amitié sincere
Auprès de Mathurin va pour vous s'employer.
Qu'on le fasse venir.

CLITANDRE.

Je vais vous l'envoyer.

Il sort.

SCENE IV.

DORIMONT.

DE quelque poids que soit le motif qui m'anime
Pour un fils vertueux, que j'aime & que j'estime,
Peut-être plus d'un pere, entêté de ses droits,
Au parti que je prends refusera sa voix.
Je sais des préjugés l'ascendant ordinaire,
Et le fatal abus d'un pouvoir arbitraire.
Mais je ne puis penser qu'à titre de Tiran

La Nature jamais ait donné les parens,
Et qu'avec équité nos rigueurs sacrifient
De précieux dépots que ses mains nous confient;
Dont nous sommes au Monde, où nous les avons mis,
Les premiers protecteurs & les premiers amis.
Quoi qu'en puissent juger des esprits trop séveres,
C'est pour les rendre heureux que nous sommes leurs peres.

SCENE V.

DORIMONT, MATHURIN.

DORIMONT.

AProchez, Mathurin.

MATHURIN.

Sans voute autorité,
Je n'aurois jamais pris pareille libarté.
Cheux les Grands comme vous je sais que c'est la mode
De faire des façons, & ça m'est incommode.
Entre nous je vivons, morgué, tout uniment.

DORIMONT.

Je ne veux, Mathurin, vous géner nullement.
Mettez votre chapeau.

MATHURIN.

Vous êtes trop honnête....

Soit.... & je parle mieux, quand je l'ai ſur la tête.
J'en ai l'eſprit pu libre, & les deux bras itou.
A preſent dites-moi dans queu cas & par où
Je pourai vous ſarvir.

DORIMONT.

Vous avez une fille?

MATHURIN.

Oui-dà, Colette, & même alle eſt aſſez gentille.

DORIMONT.

Et jeune?

MATHURIN.

Alle a, Monſieur, vingt & un ans paſſés.

DORIMONT.

A cet âge un mari lui conviendroit aſſez.
N'avez-vous ſur perſonne encor jetté la vue?

MATHURIN.

Alle auroit pu déja deux fois être pourvue;
Et j'en étois content. Mais, tenez, en ce point
Alle eſt d'un acabit comme on n'en trouve point.
Avec d'autres ça va tout ſeul; on n'a qu'à dire,
Et le mot de mari ſeulement les fait rire.
Mais pour elle néant; un garçon li fait peur.
Le ſeul nom d'amoureux li cauſe une vapeur.
Jarnonbille, la choſe eſt-elle naturelle?
Il faut qu'on ait jetté queuque charme ſur elle.

DORIMONT.

Ce dégout passera, Mathurin : il ne vient
Que de n'avoir pas vu celui qui lui convient.
Je l'ai trouvé, je crois : un garçon bien fait, sage,
Jeune, mais qui n'a point les defauts de son âge,
Pour qui je m'interesse enfin, & tellement
Qu'il a fondé sur moi son établissement.
De plus, dès qu'il sera l'époux de votre fille,
Je prends sous mon apui toute votre famille.

MATHURIN.

Vous me faites, Monsieur, bian de l'honneur. Comptez
Que.... mon respect... je sis confus de vos bontés.
Je peux bian pour ma part vous donner ma parole.
Mais si de son côté Colette est assez folle
Pour rester ostinée en son opignion,
Je ne forcerai pas son inclination.
Je ne saurois, Monsieur, vous promettre autre chose.

DORIMONT.

Je ne l'exige point, & j'accepte la clause.
Je vous laisse, & je vais, par l'espoir excité,
Hâter leur entrevue & leur felicité.

MATHURIN.

Sarviteur.

SCENE VI.

MATHURIN.

POur le bian de ma pauvre Colette,
Je voudrois que déja cette affaire fût faite.
Une fille a biau dire, & je ne pense pas
Que de rester pour telle en effet soit un cas
Qui li plaise biaucoup : nennin, & je parie
Qu'alle a biau se fâcher de ce qu'on la marie,
Qu'alle en a dans le fonds pourtant la volonté,
Fût-ce tant seulement par curiosité.

SCENE VII.

MATHURIN, NICOLE.

NICOLE.

AH Monsieur Mathurin, grande & bonne nouvelle.

MATHURIN.

Tout bellement, Nicole. Hé bian donc quelle est-elle?

NICOLE.

Vous allez, j'en suis sûre, être bien étonné.
Un Monsieur de Paris (il est tout galonné)

Va

Va venir demander Finette en mariage.

MATHURIN.

Ma gniece ?

NICOLE.

Exprès pour elle il a fait le voyage.

MATHURIN.

Qui te l'a dit ?

NICOLE.

Lui-même. Il est chez un barbier
A se faire raser, poudrer, aproprier.
Si Finette aime tant les airs de petit-Maître,
Cet amant est son fait : il n'a plus qu'à paroître.

MATHURIN.

Le vent de mariage a donc soufflé cheux moi ;
Car l'on m'offre un mari pour Colette.

NICOLE.

Ma foi !

MATHURIN.

Oui, c'est comme un complot.

NICOLE *à part.*

A peu près.

MATHURIN.

Quoi, Nicole ?

NICOLE.

Ah, que je vais danser ! J'aime qu'on batifole.

Mais voici votre fille & votre niece. Allons,
Il faut faire au plutôt ronfler les violons.

SCENE VIII.

MATHURIN, COLETTE, FINETTE, NICOLE.

FINETTE.

JE viens trop tard ſans doute, & cette bonne piece
Vous aura tout apris.... Qu'en penſez-vous?

MATHURIN.

Ma gniece,
Je penſe que l'affaire eſt fort à voute gré,
Et que ce qu'une fille en ſa tête a fouré
Y prend ſi bian racine, & croît ſi bian en elle,
Qu'il faudroit, pour l'ôter, emporter la çarvelle.

FINETTE.

Je n'ai point encor pris de reſolutions.
Il faut auparavant que nous nous connoiſſions.
S'il me plaît.....

MATHURIN.

Si j'en crois Nicole, il doit vous plaire;
Car c'eſt queuſſi queumi que vous & voute mere,
Qui, pour avoir été ſarvante d'un Marquis,
Croyoit que le merite étoit de biaux habits.

FINETTE.

Mais encor......

MATHURIN.

Mais encor, n'êtes-vous pas honteuse ?
Il vous sied bien vrament d'être si vaniteuse !
Je vous le dis tout net, & souvenez-vous en,
Pour une paysanne il faut un paysan.
Qu'est-ce que ces grands airs que vous avez en tête,
Et tous ces biaux Monsieurs dont vous vous faites fête ?
Sans nous, tous tant qu'ils sont, ma gniece, au lieu de vin
Boiriont de l'iau, morguienne, & n'auriont pas de pain.

NICOLE.

Vous avez bien raison; mais qu'à cela ne tienne :
Vous avez votre idée, & Finette a la sienne;
Et si vous faites bien, elle fait bien aussi.

MATHURIN.

Oh, qu'alle fasse donc.

NICOLE.

Sans doute.

FINETTE.

Grand merci,
Mon cher oncle. Je vais me mettre en équipage
Digne du Cavalier de qui j'attends l'hommage.

Elle sort.

SCENE IX.

MATHURIN, COLETTE, NICOLE.

MATHURIN.

ALle deviendra folle. A parler franchement,
Tu l'es itou, Colette, un peu, mais autrement.
O ça, n'est-il pas tems que tu sois raisonnable?
Je viens de te trouver un parti convenable.

COLETTE.

Un mari?

MATHURIN.

Dorimont me l'offre, &, ce dit-on,
Il ne peut de sa main venir rian que de bon.

COLETTE.

Mais moi, je ne veux pas me marier encore.

NICOLE.

Encore est fort bien dit. Hé quand donc?

COLETTE.

Je l'ignore.

MATHURIN.

Le garçon que je dis, dans un moment viendra;
Peut-être qu'il le sait, & qu'il te l'aprendra.

COLETTE.

J'en doute.

NICOLE.

Il est honteux d'être dans l'ignorance.

MATHURIN.

Il poura te guerir de ton indifference.

COLETTE.

J'en doute encore un coup; car j'entends que tout bas
Mon cœur me dit que non, & mon cœur ne ment pas.

NICOLE.

Pourquoi l'écoutez-vous?

COLETTE.

C'est lui seul qui m'inspire.

MATHURIN.

Il n'a pas de raison.

COLETTE.

Helas!

NICOLE *à part.*

Elle soupire.

Je comprends.

MATHURIN.

Ne va point, morgué, te chagriner,
Colette. Mon dessein n'est pas de te géner.
Si je le fais jamais, que la peste me tue.

Mais du moins il faut voir ce jeune homme. Sa vue
Ne te coutera rian.

NICOLE.

Qu'un peu d'ennui, je crois.

COLETTE.

Hé bien, voyons-le donc; mais une ſeule fois.

NICOLE.

S'il ne plaît pas, s'entend.

MATHURIN.

Je ne crois pas qu'il tarde.
Adieu; c'eſt fait pour moi; le reſte te regarde.

SCENE X.

COLETTE, NICOLE.

NICOLE.

PUiſqu'il eſt ſi bon pere, à votre place, moi,
J'avourois franchement que mon cœur eſt pris.

COLETTE.

Quoi!

NICOLE.

Que vous aimez.

COLETTE.

Moi, j'aime! Hé qui donc?

NICOLE.

Un jeune homme.

(Je ne sais ce qu'il est, ni comment on le nomme.)
Avec qui je vous vis hier dans ce jardin,
Là sous certain berceau qui du nôtre est voisin.
Mais je vois Dorimont.

COLETTE.

Ah ! sa démarche est vaine;
Nicole, & c'est encore un surcroît à ma peine.

SCENE XI.

DORIMONT, COLETTE, NICOLE, *qui par respect se retire au fond du Théatre.*

DORIMONT.

BElle Colette, hé bien, vous savez le projet
Que j'ai fait d'un himen dont vous êtes l'objet ?

COLETTE.

Mon pere me l'a dit.

DORIMONT.

Et pour vous montrer même
Combien je vous estime, & combien je vous aime,
Je n'ai pas attendu qu'un entretien si doux
Verifiat le bien que l'on m'a dit de vous.

COLETTE.

Votre bonté, Monsieur, ne sert qu'à me confondre.
Je suis au desespoir de n'y pouvoir répondre.
Jamais.....

DORIMONT.

Votre équité, votre discernement
Me font porter de vous un meilleur jugement.
Quand de votre bonheur je me fais une étude,
Vous ne me payrez point par une ingratitude.
J'ai pénétré le fonds de vos vrais sentimens,
Et je n'attends de vous que des remercimens.

COLETTE.

Je vous en dois, Monsieur, pour cette marque insigne
De votre affection dont je ne suis pas digne,
Et dont les mouvemens me touchent d'autant plus
Qu'ils sont joints au regret de les voir superflus.

DORIMONT.

Colette, croyez-moi, mes démarches sont sûres;
Et je n'aurai pas pris d'inutiles mesures.
Je n'ose à vos regards faire briller des traits,
Qui rehaussent le prix du don que je vous fais.
Mais sachez que l'amant, qui va bientôt paroître;
Et que vous refusez, faute de le connoître,
A telles qualités, & même tels apas,
Que votre cœur charmé n'y resistera pas.

COLETTE.

C'est un amant parfait sans doute: il doit suffire

Qu'il

Qu'il me vienne de vous, Monſieur, & c'eſt tout dire.
Mais je me connois trop; & fût-il en effet,
S'il ſe peut, d'un merite encore plus parfait;
Quand il poſſederoit la plus haute puiſſance
Par le bien, le crédit, le rang & la naiſſance;
Pour prix de ſes vertus, je ſaurois l'eſtimer,
Mais je ſens que jamais je ne pourois l'aimer.

DORIMONT.

Combien en ce moment me ravit & m'enchante
De ces beaux ſentimens l'expreſſion touchante!
Mais avouez auſſi qu'ils ſont l'épanchement
D'un cœur déja ſéduit par quelque attachement.
Vous aimez, génereuſe & fidele Colette;
Vous brulez pour quelqu'un d'une flâme ſecrette:
Et c'eſt l'obſtacle ſeul qui s'opoſe à des nœuds,
Où tendent à la fois mon eſpoir & mes vœux.

COLETTE.

Comme je ne veux point vous donner d'eſperance;
Je vous laiſſe, Monſieur, juger ſur l'aparence,
Dans le trouble où ſe perd mon eſprit égaré.
Mais rendez-moi juſtice, & ſoyez aſſuré,
Que ſi jamais l'amour avoit pu me ſurprendre,
Je n'aurois pas donné mon cœur pour le reprendre;
Que ce ſeroit pour moi comme une trahiſon;
Que la pure vertu, que la droite raiſon
Seroient le fondement d'une flâme ſi belle;
Et que, loin que ce cœur, devenant infidele,

Se condamnât lui-même en condamnant son choix ;
Il aimeroit toujours, s'il aimoit une fois.

DORIMONT.

O tendresse charmante ! O constance admirable !
L'une & l'autre m'annonce un succès favorable ;
Tout répond, tout s'accorde à mes justes desirs.
Adieu : je ne veux plus retarder vos plaisirs.
Je vais vous envoyer .... Il merite, Colette,
Que pour lui vous sentiez une estime parfaite,
Et les tendres ardeurs de l'amour le plus doux,
Comme vous meritez qu'il les sente pour vous.

Il sort.

COLETTE.

Qu'est-ce donc qu'il veut dire ! A quoi peut-il s'attendre ?

NICOLE.

Dorimont fait semblant de ne vous pas entendre.
Cependant il se doute & pense comme moi
Que vous avez, Colette, un amoureux.

COLETTE.

Tai-toi.

NICOLE.

Et tenez, le voilà qui vous cherche, ou je meure.

COLETTE *à part.*

Que vient-il faire ici ? Ce n'est pas là notre heure.

SCENE XII.

CLITANDRE *en paysan*, COLETTE, NICOLE.

CLITANDRE *à part.*

Quelqu'un est avec elle.

NICOLE.

Ai-je menti?

COLETTE.

Non..... Oui.

CLITANDRE *à part.*

L'aborderai-je?

NICOLE.

Il vient.

COLETTE.

Je n'ai que faire à lui. Allons.

CLITANDRE *à part.*

Elle me fait des signes de silence.

NICOLE *à Colette.*

Demeurez.

CLITANDRE *bas à Colette.*

Ecoutez.

COLETTE *bas.*

Paix.

CLITANDRE *à part.*

Quelle violence!

COLETTE *à part.*

Quelle gêne!

CLITANDRE *à part.*

Après tout, que risqué-je?

COLETTE *bas à Clitandre.*

Sortez.

CLITANDRE *bas.*

J'obéis.

NICOLE *à part.*

Je le vois, je suis de trop.

COLETTE *bas à Clitandre.*

Restez.

NICOLE *à part.*

Ah, les pauvres enfans! Non, il n'est pas croyable
Comme au fond de leur cœur ils me donnent au diable.
Ils pensent que je cherche à les faire endéver.
Le mal que je leur veux puisse-t-il m'arriver.

Elle sort.

SCENE XIII.

CLITANDRE, COLETTE.

COLETTE.

VOus me cherchez, Lucas?

CLITANDRE.

Vous me fuyez, Colette!

COLETTE.

Je ne puis aprouver votre ardeur indiſcrete.
Nos plaiſirs, cher Lucas, étoient d'autant plus doux
Qu'un miſtere innocent les aſſaiſonnoit tous.
Et les voilà connus.

CLITANDRE.

Quoi! vous êtes fâchée
Qu'on ſache mon amour, & qu'il vous a touchée?

COLETTE.

Si mon pere une fois ſait que nous nous aimons,
Je crains qu'il ne s'opoſe aux vœux que nous formons,
Et qui de votre part trouvent de tels obſtacles
Qu'il faut, pour les lever, peut-être des miracles.
De quel eſpoir mon cœur peut-il être flaté,
S'il vient quelque traverſe auſſi de mon côté,

Que dis-je! Elle est venue. Helas! le peril presse.
On veut vous enlever votre chere maitresse.
Vous connoissez bien .....

CLITANDRE.

Qui?

COLETTE.

Dorimont?

CLITANDRE.

Oui vraiment

COLETTE.

Il veut me marier.

CLITANDRE.

Quoi, serieusement?

COLETTE.

Avec quelle gayeté vous voyez mes allarmes!
Est-ce ainsi.....

CLITANDRE.

Que pour moi cette crainte a de charmes

COLETTE.

A quoi tend ce discours?

CLITANDRE.

Allez, vous aimerez
Le garçon qu'on vous offre, & vous l'épouserez.

COLETTE.

Vous m'impatientez.

CLITANDRE.

Qu'avec plaisir, Colette,
J'envisage le trouble où ce dessein vous jette !

COLETTE.

Oh, je vous battrois bien.

CLITANDRE.

Ce dépit est charmant.
Pardonnez. Vous voyez à vos pieds cet amant,
Ce rival contre qui votre amour se mutine,
Ce mari qu'en un mot Dorimont vous destine.

COLETTE.

Vous ! Cela se peut-il ?

CLITANDRE.

Je craignois d'offenser
Un bon pere qui seul pouvoit me traverser.
Mais enfin Dorimont, qui pour moi s'interesse,
A fait en ma faveur incliner sa tendresse.
Oui, je vais être à vous ; vous allez être à moi.

COLETTE.

Le desir que j'en ai, fait que je vous en croi.

CLITANDRE.

Ah Colette !

COLETTE.

Ah Lucas !

CLITANDRE.

Faites-moi bien connoître
Tout le plaisir....

COLETTE.

Je crains d'en faire trop paroître ;
Et cependant je sens que je le voudrois bien ;
Pour que le vôtre fût aussi doux que le mien.

CLITANDRE

Ne vous contraignez point.

COLETTE.

Ce mot doit vous suffire ;
Et je n'aurois pas dû peut-être vous le dire.

SCENE XIV.

CLITANDRE, COLETTE, FINETTE, *en habit de ville*, & NICOLE, *qui les ont écoutés quelque tems.*

NICOLE *à Finette.*

Les voilà bien contens. Vous aurez votre tour.

FINETTE.

Suis-je bien ?

CLITANDRE.

Vous voilà mise comme à la Cour.

NICOLE

NICOLE.

Nous savons tout, Colette.

FINETTE.

Et je vous felicite.

COLETTE.

Je vous souhaite à vous la même réüssite.

NICOLE.

Finette n'aime pas encor son prétendu;
Mais elle l'aimera, quand elle l'aura vû.

CLITANDRE.

Quand vient-il?

FINETTE.

Je l'attends.

CLITANDRE.

Ne génons point Finette.

COLETTE.

C'est fort bien dit. Adieu, Finette.

FINETTE.

Adieu, Colette.

SCENE XV.

FINETTE, NICOLE.

FINETTE.

S'Aimer & s'épouſer. Helas, qu'ils ſont heureux !

NICOLE.

Vous êtes ſur le point de l'être encor plus qu'eux ;
Car vous n'opoſerez aucune reſiſtance
A l'honneur que vous fait un Seigneur d'importance.
Puiſque vous avez eu le don de le charmer,
Pour être unie à lui, vous n'avez qu'à l'aimer.

FINETTE.

J'y ferai mon poſſible.

NICOLE.

Et dans un beſoin même
On peut ſe marier fort bien ſans que l'on aime.

FINETTE.

Je l'aimerai, Nicole.

NICOLE.

Il vient. Voyez quel air !
Quelle grace ! il faudroit avoir un cœur de fer,

Pour ne le pas aimer dès la premiere vue.

FINETTE.

Le cœur me bat, Nicole, & je suis toute émue.

SCENE XVI.

ARLEQUIN, *en petit-Maître*, FINETTE, NICOLE.

ARLEQUIN.

MAdame, lorsqu'en vous je vois tant de beauté,
Ces petits yeux fripons, ce minois moucheté,
Mon cœur qui.... qui déja vous aime à la folie,
Ne sait..... En verité, vous êtes bien jolie.

FINETTE.

Ah Monsieur (*à Nicole*) Je ne sais que lui dire à mon tour.

NICOLE.

Parlez toujours.

FINETTE.

Monsieur, je sais bien qu'à la Cour
Les hommes volontiers débitent des fleurettes;
Et par ce compliment je vois que vous en êtes.

ARLEQUIN.

Si j'en suis! moi, Madame? Oh vraiment je le crois,
Et le pourois prouver * par bien d'autres endroits.

* Il la caresse, & elle le repousse.

Mais il faut à tantôt remettre la partie.
Je suis un peu confus de votre modestie.
Elle est si herissée.

FINETTE.

Ah Monsieur, point du tout.

ARLEQUIN.

Un peu moins de rigueur seroit plus de mon goût.
Cela viendra, ma Reine. Hé bien, à quand la noce?

FINETTE.

Mais, Monsieur.....

ARLEQUIN.

Savez-vous que je roule carosse?

NICOLE *à part.*

Il le mene peut-être.

ARLEQUIN.

Hé..... Ce sont des marauts.

NICOLE.

Qui?

ARLEQUIN.

Mes gens. Je voulois vous montrer mes chevaux.

NICOLE.

Vous n'avez pas besoin de vos chevaux pour plaire.

ARLEQUIN.

Je crois qu'elle dit vrai. Qu'en pensez-vous, ma chere?

FINETTE.

Nicole n'a pas tort.

ARLEQUIN.

Répondez comme il faut.

FINETTE.

Vous êtes bien aimable.

ARLEQUIN.

Hem, plaît-il ? Parlez haut.

(*A part.*) Que sa timidité me paroît estimable!

Que dites-vous ?

FINETTE.

Je dis que vous êtes aimable.

ARLEQUIN.

Et que vous m'aimez ?

FINETTE.

Moi ! Non, Monsieur.

ARLEQUIN.

Comment, non !

FINETTE.

Non, je ne vous dis pas que je vous aime.

ARLEQUIN.

Ah bon.

Mais vous m'aimez pourtant..... Vous vous taisez ?

J'enrage.

Mignone, il faut quiter ces façons de village.
Vous vous feriez sifler du plus petit Bourgeois.

FINETTE.

Doit-on se déclarer dès la premiere fois ?
Car enfin je suis fille, & les filles....

ARLEQUIN.

Dans l'ame

Je suis sûr que déja vous êtes presque femme.

FINETTE.

Que vous êtes pressant !

ARLEQUIN.

Parbleu,...

NICOLE.

Remettez-vous.

J'aperçois Mathurin qui s'aproche de nous.

ARLEQUIN.

Ma charmante, allons faire un tour de promenade.

NICOLE.

Vous ne l'attendez pas ! Quelle est cette boutade ?

FINETTE.

Parlez-lui.

ARLEQUIN.

Jusques-là je ne puis m'avancer
Que Nicole n'ait pris le soin de m'annoncer.

Il sort avec Finette.

SCENE XVII.

MATHURIN, NICOLE.

MATHURIN.

IL s'en va! quand je viens avec tant de vitesse
Pour li rendre un devoir .....

NICOLE.

C'est une politesse.

MATHURIN.

Alle est drôle!

NICOLE.

Il s'en va, pour me donner le tems
De vous dire, Monsieur, qu'il va venir.

MATHURIN.

J'entends.
Belle çarimonie! Il n'a donc qu'à se rendre
Au logis.

NICOLE.

Regardez.

MATHURIN.

Quoi ?

NICOLE.

Voici votre gendre.

SCENE XVIII.

CLITANDRE, MATHURIN, NICOLE.

MATHURIN.

AH bon jour.

CLITANDRE.

Serviteur. C'eſt moi qui ſuis Lucas,
De qui vous a parlé Dorimont.

MATHURIN.

En ce cas
Embraſſons nous. Hé bian, avez-vous vu Colette ?

CLITANDRE.

Je la quite à l'inſtant, & ma joie eſt parfaite.

MATHURIN.

Comment ! Eſperez-vous qu'alle vous aimera ?

CLITANDRE.

Je me flate de plus qu'elle m'épouſera.

MATHURIN

MATHURIN.

Colette ! Quoi, sitôt ? Pargué, c'est un prodige.
Ne me trompez-vous point ?

CLITANDRE.

Rien n'est plus vrai, vous dis-je.

MATHURIN.

Nicole, queu compere ! Il est retors.

NICOLE.

Beaucoup.

MATHURIN.

Avoir gagné Colette !

NICOLE.

Il a fait un grand coup.

MATHURIN.

Tu n'en es pas surprise ?

NICOLE.

Il a tant de merite,
Qu'on ne peut s'étonner de cette réüssite.

MATHURIN.

Mais tu gausses, je crois.

NICOLE.

Si votre fille & lui

F

S'aiment, comme il eſt ſûr, ce n'eſt pas d'aujourd'hui.

MATHURIN.

Qu'eſt-ce qu'alle dit là, Lucas?

CLITANDRE.

C'eſt un miſtere
Sur lequel maintenant je ne puis plus me taire,
Et que je vous aurois moi-même révelé,
Quand Nicole avant moi n'en auroit pas parlé.
Je viens d'en convenir avec Colette même.
Depuis plus de deux mois je la vois & je l'aime;
Et cet amour ſincere, auſſi-bien qu'innocent,
A ſurpris & touché ſon cœur reconnoiſſant.
C'eſt ici qu'en tenant des diſcours pleins de charmes,
Nous mêlions nos ſoupirs, & quelquefois nos larmes,
Et qu'entre ces taillis, dont nous étions couverts,
Nous nous croyions ſouvent tous ſeuls dans l'univers.

MATHURIN.

Jarniguoi, finiſſez. Je pleure d'allégreſſe.
Et toi, Nicole?

NICOLE.

Et moi je pleure de tendreſſe.

CLITANDRE.

Je viens donc vous prier pour Colette & pour moi
(Car un peu de pudeur la tient encor, je croi)
D'unir par le doux nœud, où vos vœux doivent tendre,

Deux cœurs déja liés par l'amour le plus tendre.

MATHURIN.

J'y consens de bon cœur, & vous me ravissez.

CLITANDRE.

Je vais faire dresser le Contrat.

Il sort.

MATHURIN.

C'est assez.

SCENE XIX.

MATHURIN. NICOLE.

MATHURIN.

JE ne t'aurois, ma foi, jamais cru si secrette,
Nicole : tu savois leur petite amourette.
Que ne me l'as-tu dit drès le commencement ?

NICOLE.

Qui ! moi ? Je ne le sais que d'hier seulement ;
Et même je croyois l'intrigue plus nouvelle.

MATHURIN.

Ma fille est bien tombée, heureusement pour elle.
Lucas est un garçon qui montre de l'honneur.
Ma gniece n'aura pas peut-être un tel bonheur.
Mais je vois son amant.

SCENE XX.

MATHURIN, ARLEQUIN, NICOLE.

ARLEQUIN.

PArdonnez ma retraite,
Avant que de venir vous demander Finette,
J'ai voulu sur son cœur établir tous mes droits.
C'en est fait; mon amour l'a soumise à mes loix,
Non pas sans peine, au moins: je sais ce qu'il m'en coute.

MATHURIN.

Oh, vous vous connoissiez depis long-tems sans doute?

ARLEQUIN.

Depuis une heure au plus.

MATHURIN.

Jarni, quel enjoleur!

ARLEQUIN.

Si j'avois échoué, c'eût été grand malheur.
Votre niece, entre nous, n'est pas des plus dociles;
Mais j'en ai fait céder de bien plus difficiles.

MATHURIN.

Je le crois.

NICOLE *à part.*

Le Gascon!

ARLEQUIN *à Nicole.*

Tu ris ?

MATHURIN.

Pour aujourd'hui ;
Son habit, j'en sis sûr, en a plus fait que lui.

ARLEQUIN.

Laissons-là cependant mes exploits sur les Belles,
Mon oncle. Dans le fonds ce sont des bagatelles,
Qui ne doivent pas rendre un homme glorieux.
Examinons un peu des points plus serieux.

MATHURIN.

Voyons.

NICOLE *à part.*

Ce serieux sera quelque sornette.

ARLEQUIN.

Un scrupule me tient sur le fait de Finette.
Sa dot est-elle forte ?

MATHURIN.

Ah bon, y pensez-vous ;
Quand on charche du bian, on ne vient pas cheux nous.
Nos richesses, Monsieur, sont noute nécessaire.
Je vivons, pis c'est tout. J'avons le cœur sincere,

Un peu de jugement, de la tranquilité,
Point de ruse surtout, & point de vanité.
Je laissons la forteune aux Seigneurs qu'alle abuse,
Et j'osons mépriser ce qu'alle nous refuse.

ARLEQUIN.

J'écoute avec plaisir ce que vous dites-là.
Je m'accommoderois fort bien de tout cela.

MATHURIN.

Finette a stanpandant queuque argent de son pere,
Et d'assez biaux habits qu'alle tient de sa mere.

ARLEQUIN.

Tant pis. Quand je me suis informé de son bien,
C'étoit pour être sûr, oui, qu'elle n'avoit rien.
Ma générosité, vraiment, n'est pas commune.
J'aurois été ravi de faire sa fortune.

NICOLE.

Contentez-vous, Monsieur, & faites-moi present
Des habits de Finette & de tout son argent.

MATHURIN.

Je reçois volontiers l'honneur que vous me faites.
Mais je devrois savoir stanpandant qui vous êtes.

ARLEQUIN.

Qui je suis, Mathurin? Il vous convient, ma foi,

D'être si difficile avec gens tels que moi !

MATHURIN.

L'usage.....

ARLEQUIN.

En ces détails me sied-il de descendre ?
Aprenez seulement qu'on m'apelle Alexandre.

MATHURIN.

Ce nom est manifique.

ARLEQUIN.

Il est d'un Conquerant.

NICOLE.

Oui !

ARLEQUIN.

Vous connoissez bien Alexandre le Grand,
Alexandre qui fit..... tout ce que l'on peut faire.

MATHURIN.

De réputation.

ARLEQUIN.

Hé bien, c'étoit mon pere.

MATHURIN.

Ah !

NICOLE.

Voici Dorimont.

ARLEQUIN *à part.*

Quel contretems !

NICOLE *bas à Arlequin.*

Partez.

ARLEQUIN *à part.*

Que le diable l'emporte. Adieu mes dignités.

SCENE XXI.

DORIMONT, MATHURIN, ARLEQUIN, NICOLE.

DORIMONT *reconnoissant Arlequin qui se veut sauver.*

AH, ah!

ARLEQUIN *haut.*

Cher Dorimont, quoi, c'est vous (*bas*) Prenez garde
De dire qui je suis: l'affaire vous regarde.

DORIMONT.

Quel est donc.....

ARLEQUIN.

Parlez bas.

DORIMONT.

Ce beau déguisement!

MATHURIN *à Nicole.*

Ils se parlont.

NICOLE.

NICOLE.

Ils sont amis aparemment.

ARLEQUIN *bas.*

Je l'ai pris pour servir votre fils, & j'amuse
Mathurin, qui pouroit..... C'est une contreruse.

DORIMONT.

Mais je ne comprends pas....

ARLEQUIN *bas.*

Je vous conterai tout.
Sans cela rien n'est fait; attendez jusqu'au bout.

DORIMONT.

Soit.

ARLEQUIN *à part.*

Je vais au plutôt, de crainte de rechute,
Faire de mon Contrat griffoner la minute.

Il sort.

SCENE XXII.

DORIMONT, MATHURIN, NICOLE.

MATHURIN.

Vous le connoissez donc, Monsieur?

DORIMONT.

Parfaitement.

MATHURIN.

Tant mieux.

DORIMONT.

Hé bien, Lucas vous plaît ?

MATHURIN.

Certainement.

DORIMONT.

Son amour a gagné le cœur de votre fille.
N'avois-je pas raison ?

MATHURIN.

Vrament, c'est un bon drille.
Ils s'aimont tous les deux depis pu de deux mois.

DORIMONT.

Je le sais. Leur tendresse autorise mon choix.
Puissent-ils à jamais & s'aimer & se plaire.
Mais ils viennent à nous.

SCENE XXIII.

DORIMONT, CLITANDRE, MATHURIN, COLETTE, NICOLE.

COLETTE.

MOnsieur, & vous, mon pere;
Pour Lucas & pour moi quelle est votre bonté!
Vous * me l'avez donné, vous ** l'avez accepté.
Que vous dirai-je? Helas! Je sens mon impuissance
A vous en témoigner une reconnoissance
Conforme à mon bonheur, égale à mon amour.
Ils dureront tous trois jusqu'à mon dernier jour.

DORIMONT.

Vous ignorez combien votre union m'est chere.

MATHURIN.

J'ai voulu te montrer que je fis un bon pere.

* A Dorimont.

** A Mathurin.

SCENE XXIV.

DORIMONT, CLITANDRE, MATHURIN, COLETTE, NICOLE, LE TABELLION.

LE TABELLION.

SAlut, Messieurs.

MATHURIN.

Ah ah, c'est le Tabellion.

CLITANDRE.

Votre écrit répond-il à mon intention ?

LE TABELLION.

N'ayez sur ce sujet aucune inquiétude,
Vous ne connoissez pas l'ordre de mon Etude.
Pour la commodité des Futurs empressés,
J'ai soin d'avoir toujours des Contrats tous dressés,
Où sont en blanc leurs noms, qualités, domiciles.
J'en ai même à tout prix, suivant les divers stiles.
Le lirai-je ? Il n'est pas nécessaire, je croi.

DORIMONT *à Mathurin.*

Je l'ai lu : vous pouvez vous en fier à moi.
Il est moins, je vous jure, à son profit qu'au vôtre.

MATHURIN.

Tout comme il vous plaira.

LE TABELLION *à Mathurin & à Colette.*

Signez donc ..... Voici l'autre
Où les Conjoints d'avance ont déja mis leur ſein.
Reſte à vous.

MATHURIN.

Donnez donc, piſque je ſis en train.

CLITANDRE.

Alte-là .... Vous, Monſieur, donnez-moi cette piece.

LE TABELLION.

Cela ſuffit ; adieu.

SCENE XXV.

DORIMONT, CLITANDRE, MATHURIN, COLETTE, NICOLE.

MATHURIN.

Comment donc ?

CLITANDRE.

Votre niece
Attendra bien encor pour avoir un époux.

MATHURIN.

Qu'eſt-ce à dire ?

CLITANDRE.

Ah beau-pere, à qui la donniez-vous?

DORIMONT.

Quel est donc le mari.....

MATHURIN.

Le Seigneur Alexandre.

DORIMONT.

Ce nom m'est inconnu.

MATHURIN.

Vous m'avez fait entendre
Que vous le connoissiez : vous li parliez tantôt.

CLITANDRE *bas à Dorimont.*

C'est ce fou d'Arlequin.

DORIMONT *bas.*

Arlequin ? Le maraut !

MATHURIN.

Tenez, il vient.

CLITANDRE *à Dorimont.*

A voir sa mine resolue,
On peut juger qu'il croit que l'affaire est conclue.

SCENE XXVI & derniere.

DORIMONT, CLITANDRE, MATHURIN, COLETTE, FINETTE, ARLEQUIN, NICOLE.

ARLEQUIN.

MOn oncle, ſerviteur; car ce n'eſt plus un jeu,
Et tout de bon enfin je ſuis votre neveu.

DORIMONT.

Voilà donc la façon, coquin, dont tu m'abuſes,
Et tu ſais employer de belles contreruſes!

FINETTE.

Comme vous le traitez!

MATHURIN.

Plaît-il?

CLITANDRE.

Pendard!

ARLEQUIN.

Tout beau.
Le deſtin & l'amour nous ont mis de niveau.

DORIMONT.

Je ne puis revenir de ton extravagance.

MATHURIN.

Mais je ne comprends rian à voute manigance.

DORIMONT.

Ce mistere par moi va vous être expliqué.
Ce Seigneur prétendu n'est qu'un valet masqué.

MATHURIN.

Le fripon!

FINETTE.

Juste ciel!

MATHURIN.

Monseigneur Alexandre ;
Pour honorer la noce, on va vous faire pendre.

FINETTE.

Il faut que je t'étrangle.

ARLEQUIN.

Aye, aye, doucement.

CLITANDRE.

Ma cousine, arrêtez. Que votre emportement
Tombe sur le Contrat de votre mariage.
Sans le sein de votre oncle il n'est d'aucun usage.
Le voici ; vous pouvez le déchirer.

FINETTE.

Oui-dà.

Tien

Tien, *à Arlequin en lui en jettant les morceaux au visage.*

MATHURIN.

L'honnête garçon de gendre que j'ai là !

FINETTE.

Combien, mon cher cousin, je vous suis obligée
Ce fourbe me dupoit; mais me voilà vengée.

CLITANDRE.

Faquin, vous vouliez donc devenir mon cousin ?

ARLEQUIN.

Ah !

CLITANDRE

Je me suis prêté, pour rire, à ce dessein.
Tu trouveras assez d'autres femmes sans elle ;
Et de ma bourse alors récompensant ton zele,
J'aurai soin de te faire un sort assez heureux.

MATHURIN.

Mon gendre, il ne faut pas être si généreux.

ARLEQUIN.

Que vous avez pour moi de bonté, mon cher Maître !
Je voudrois de bon cœur pouvoir les reconnoître.

MATHURIN.

Son Maître !

ARLEQUIN.

Assurément. Ainsi le Monde va.

L'une veut un Seigneur, & c'est l'autre qui l'a.

COLETTE.

Qu'entends-je, juste ciel!

MATHURIN.

Qu'est-ce que ça veut dire?

DORIMONT.

Vous voyez de l'amour les effets & l'empire.
Lucas n'est point Lucas; c'est un nom qu'il a pris.
Il se nomme Clitandre, & Clitandre est mon fils.

MATHURIN.

Voute fils!

COLETTE.

Mon époux!

CLITANDRE.

Oui, charmante Colette,
Dorimont est mon pere, & sa bonté parfaite
Eclate dans le prix qu'il donne à mon amour.

MATHURIN.

La forteune aujourd'hui nous a joué d'un tour.

COLETTE.

Vous m'aimez plus encor que je n'ai cru moi-même,
Clitandre; mais non pas plus que je ne vous aime.

Quelque ſoit votre rang, il vous doit être doux
D'être perſuadé que je n'aime que vous.

MATHURIN.

Qui ſe ſeroit douté de cette tromperie ?
Mais cheux les gros Seigneurs ce n'eſt que tricherie.

COLETTE *à Dorimont.*

Permettez qu'à vos pieds en cette occaſion
Je montre mon reſpect & ma confuſion.
Votre bonté, Monſieur, fait grace à ma famille.
Vous avez bien voulu que je ſois votre fille.
Comptez que je mettrai ma gloire & mon bonheur
A me rendre à vos yeux digne d'un tel honneur

DORIMONT.

Vous le devez, ma fille, à des dons que j'eſtime.
La vertu peut atteindre au rang le plus ſublime.
Que ſes ſeules leçons reglent votre devoir,
Et vous aurez rempli mon choix & mon eſpoir.

CLITANDRE.

De Colette & de moi vous pouvez tout attendre.
Mais, mon pere, il eſt tems & de voir & d'entendre
Les dances, la muſique & les chants deſtinés
A celébrer des nœuds pour moi ſi fortunés.

DIVERTISSEMENT.

DANCE.

I. AIR.

L'Amour dans ce champêtre azile,
Sincere, conſtant & tranquile,
Dirige nos plaiſirs, & regle notre ſort.
Sans ceſſe à notre oreille
Il bourdonne comme une abeille.
Le ſoir il nous endort,
Et le matin il nous réveille.

DANCE.

II. AIR.

Sous les aimables loix de la ſimple Nature,
En ces lieux la Volupté pure
Répand à pleines mains ſes dons les plus flateurs.
Nos jours s'écoulent
Parmi les plaiſirs enchanteurs,
Comme nos ruiſſeaux coulent
Dans les prés au milieu des fleurs.

DANCE.

VAUDEVILLE.

Dans la feinte & la grimace
Le Monde est envelopé,
Et quoi qu'on dise, ou qu'on fasse,
L'on trompe, ou l'on est trompé.
Auprès d'un ami fantasque
La sincerité nous perd.
On gagne plus sous le masque
Qu'à visage découvert.

Autrefois l'amour sincere
Avoit un heureux destin.
L'amant étoit sûr de plaire,
En allant le droit chemin.
Aujourd'hui malice, frasque
Est en amour ce qui sert.
On gagne &c.

La Coquette surannée
Plaît par le secours de l'art,
Qui lui cachant quelque année,
De quelque attrait lui fait part.
Sur ses pas court comme un Basque
Plus d'un vieillard encor verd.
On gagne &c.

AU PARTERRE.

Si nos jeux sont un melange
Et de bon & de mauvais,
L'un merite la louange,
L'autre est digne des siflets.
Mais le calme & la bourasque
Feroient un fâcheux concert.
Critiquez donc sous le masque,
Et louez à découvert.

FIN.

www.ingramcontent.com/pod-product-compliance
Ingram Content Group UK Ltd.
Pitfield, Milton Keynes, MK11 3LW, UK
UKHW020946180726
13838UKWH00003B/1148